AF313282

CATALOGUE

DE

BEAUX LIVRES ANCIENS

RELIÉS EN MAROQUIN

DONT LA VENTE AURA LIEU

Le mardi 8 et le mercredi 9 décembre 1874

A 2 HEURES PRÉCISES

Hôtel des Commissaires - Priseurs, rue Drouot

SALLE Nº 5.

Par le ministère de Mᵉ DELBERGUE-CORMONT, commissaire-priseur

8, rue de Provence

PARIS

ADOLPHE LABITTE

LIBRAIRE DE LA BIBLIOTHÈQUE NATIONALE

4, rue de Lille, 4.

—

1874

CATALOGUE

DE

BEAUX LIVRES ANCIENS

RELIÉS EN MAROQUIN

THÉOLOGIE.

—

1. BIBLIA SACRA.... 2 vol. pet. in-8, v.

MANUSCRIT du XIVe siècle sur vélin très-fin, orné de lettres en couleurs. L'écriture est très-serrée, le texte est sur deux colonnes. Ce manuscrit se termine par une table très-étendue.

2. Psalterium Davidis. *Lugd. Bat., apud J. et D. Elzevirios*, 1653, in-12, mar. v. fil. tr. dor. (*Anc. reliure.*)

Hauteur : 127 mill. Mouillures.

3. Psalterium Davidis. *Lugd., apud J. et D. Elzevirios*, 1653, in-12, titre gr. mar. bl. fil. dent. dos orné doublé de tabis. (*Bozérian.*)

Hauteur : 133 mill.

4. Conjectures sur les Mémoires originaux dont il paraît que Moyse s'est servi pour composer le livre de la Genèse. *A Bruxelles, chez Fricx*, 1753, in-12, v. f. fil. tr. marbr.

Cet ouvrage, qui fit beaucoup de bruit dans le temps, est d'Astruc, célèbre médecin de Paris.

5. PRIÈRES POUR LE SALUT.... In-16, mar. r. fil. tr. dorée.

Très-joli manuscrit sur vélin (39 pages), orné de deux miniatures. Il est attribué à Gilbert.

A.

6. Heures présentées à Mme la Dauphine par Théo-
   dore de Hansy, libraire à Paris sur le pont au
   Change, A Saint-Nicolas. *S. l. n. d.*, in-8, ent.
   gravé avec fig. et vignettes, mar. rouge, large dent.
   à comp. tr. dor. (*Anc. rel.*)

   Entièrement gravé.

7. Preclarissimum atque divinum opus quod gemma
   predicantium nuncupatur, collectum per Nicho-
   laum Deniis (in fine). *Parisiis, P. Regnault*, 1506,
   pet. in-4, demi-rel.

8. Opus sermonum de adventu Johannis Raulin.
   Parisiis, Joh. Parvus, 1516, pet. in-4 gothique
   à longues lignes, mar. r. fil. tr. dor.

9. Maillard (Olivier). Quadragesimale opus Parrhisiis
   declamatum in ecclesia S. Johannis de Gravia.
   Venundantur Parrhisiis, anno Domini 1518, pet.
   in-8, demi-rel.

10. Lactantii Opera omnia. *Aldus*, 1535, pet. in-8,
    mar. v.

11. Petri Picherelli Opvscvla theologica. *Lugduni
    Batavorum, ex officina Elzeviriana*, 1629, pet.
    in-12, v. ant. (*Mouillures.*)

12. La Clef du Sanctuaire par un savant de notre
    siècle (ouvrage traduit du latin de Spinoza, par le
    chevalier de Saint-Glain). *Leyde, Pierre Warnaer*,
    1678, pet. in-12, v. f. dent. à comp. dos à pe-
    tits fers, tr. dor. (*Bozérian jeune.*)

    Cette traduction est celle du *Tractatus theologico-politicus*. Elle a paru
    sous trois titres différents : *Réflexions curieuses d'un esprit*, etc., et *Traité des
    cérémonies superstitieuses des Juifs*, etc.; ces trois titres se trouvent dans
    notre exemplaire.

13. Réfutation des erreurs de Benoît de Spinosa
    par M. de Fénelon, archevêque de Cambray, par
    le P. Lami, bénédictin, et par le comte de Boul-
    lainvilliers, avec la vie de Spinosa, écrite par
    M. Jean Colérus, ministre de l'église luthérienne
    de la Haye. *A Bruxelles, chez Fr. Foppens*, 1731,

in-12, v. f. dent. à comp. dos à petits fers, tr. dor. (*Bozérian jeune.*)

14. Histoire du Concile de Constance, tirée principalement d'auteurs qui ont assisté au concile, par Jaques Lenfant. *Amsterdam, chez Pierre Humbert*, 1714, in-4, v. ant. nombr. portr. gr. par Bernard Picart.

15. Histoire du Concile de Pise, et de ce qui s'est passé de plus mémorable depuis ce concile jusqu'au concile de Constance, par Jaques Lenfant. *Amsterdam, chez Pierre Humbert*, 1724, 2 tomes en 1 vol. in-4, v. nombr. portr. gr. par Bernard Picart.

16. Histoire du Concile de Trente, écrite en italien par Fra Paolo Sarpi, de l'ordre des Servites, et traduite en françois par P. Fr. Le Courayer. *Amsterdam, chez Wetstein et G. Smith*, 1751, 3 vol. in-4, portrait, v. marb.
Bel exemplaire.

17. Historia Flagellantium de recto et perverso flagrorum usu apud Christianos. *Parisiis, apud Joannem Anisson*, 1700, in-12, v. marb.
Par M. l'abbé Boileau, doyen de Sens.

18. Histoire des Flagellans, où l'on fait voir le bon et le mauvais usage des flagellations parmi les chrétiens, traduit du latin de M. l'abbé Boileau. *A Amsterdam, chez François Vander Plaats*, 1701, in-12, v. f. (*Rel. anc.*)

19. Critique de l'histoire des Flagellans et justification de l'usage des disciplines volontaires, par M. Jean-Bapt. Thiers. *A Paris, chez Jean de Nully*, 1703, in-12, v. f. ant.

20. Lettre de M. de L. C. P. D. B. sur le livre intitulé : *Historia Flagellantium* (attribué au P. du Cerceau, jésuite). *S. l. n. d.* in-12, v. f. ant.

21. Mémoires pour servir à l'histoire de la fête des foux qui se faisoit autrefois dans plusieurs églises,

par M. du Tilliot, gentilhomme. *A Lausanne et à Genève*, 1781, in-12, fig. v. marb. fil. tr. marb.

22. Anatomie de la messe, où est monstré par l'Escriture saincte et par les tesmoignages de l'ancienne Église, que la messe est contraire à la parole de Dieu et éloignée du chemin de salut, par Pierre Dv Movlin, ministre de la parole de Dieu en l'église de Sedan. *A Leyde, chez Bonaventure et Abraham Elzevier*, 1638, in-12, maroq. rouge, fil. dent. int. tr. dor.

23. Avantages du mariage, et combien il est nécessaire et salutaire aux prêtres et aux évêques de ce temps-ci d'épouser une fille chrétienne (par Desforges, chanoine d'Étampes). *Bruxelles*, 1758, 2 tomes en 1 vol. in-12, v. marbr.

---

24. Abrégé de l'origine de tous les cultes, par Dupuis. *A Paris, chez H. Agasse, impr.-libr., an VI de la République*, in-8, exempl. sur papier bleu, veau vert dent. n. rog.

25. Des Divinités génératrices, ou du Culte du Phallus chez les anciens et les modernes, par J.-A. D*** (M. Dulaure). *Paris, Dentu*, 1805, in-8, demi-rel. chagr. rouge.

26. L'Alcoran de Mahomet, traduit de l'arabe en françois par le sieur Du Ryer, sieur de la Garde Malezair. *A la Haye, chez Adrien Moetjens (à la Sphère)*, 1685, in-12, front. gr. maroq. viol. fil. à comp. tr. dor.

JURISPRUDENCE.

27. Ant. Perezii Jus publicum. *Amstel., apud L. et Dan. Elzevirios*, 1657, in-12, titre gr. v. f. fil.

28. Justiniani Institutionum libri IV. *Amstel., ex off. Elzeviriana*, 1669, in-12, maroq. citr. fil. tr. doré.

29. Seldeni de Successionibus ad leges Ebræorum. *Lugd. Bat., Elz.*, 1638, pet. in-12, mar. v. tr. r.

30. Mémoire instructif pour le père Jean-Baptiste Girard, jésuite, recteur du collège royal de la marine de Toulon, contre Marie-Catherine Cadière et encore monsieur le procureur général du roy, querellant. *La Haye, chez Henri Scheurleer*, 1731, — Suite des procédures de Catherine Cadière contre le rév. père Girard. Ens. 2 parties en 1 vol. in-8, demi-rel. bas.

31. Histoire générale des larrons, contenant les cruautez et méchancetez des voleurs, des ruses et subtilitez des coupeurs de bourses, les finesses, tromperies et stratagèmes des filous, par J.-D.-C. Lyonnois. *A Rouen, chez J.-Bapt. Machuel*, 1709, in-8, maroq. brun, fil. tr. dor. (*Vogel.*)

SCIENCES ET ARTS.

32. Senecæ Opera, cum notis Gronovii. *Amstelo-dami, apud Elzevirios*, 1659, 4 vol. in-12, maroquin v. fil. tr. dor. (*Anc. rel.*)

33. Les OEuvres de Sénèque le Philosophe, traduites en français par feu M. la Grange. *Paris, chez les fr. de Bure*, 1778-79, 7 vol. in-12, maroq. bleu foncé, dent. à comp. tr. dor. (*Rel. anc.*)

Le 7ᵉ volume contient 7 cartons, qui ne se trouvent pas dans tous les exemplaires.

34. LE GOUVERNEMENT DES PRINCES, le Trésor de noblesse et les fleurs de Valère le Grand (après la table): *lesquelz traictez ont esté imprimés à Paris par Ant. Verard....*, l'an de grâce 1497, pet. in-fol. demi-rel.

Exemplaire bien conservé. La planche a été un peu rognée.

35. Petit Preambvle dv translatevr, tovchant la noblesse, grace et très-ancienne dignité de la langue françoise, qui peult estre une allumette à enflammer toutes personnes gentilles, à soy exercer audict languaige et en la doulce façon et divine poésie d'iceluy. *S. l. n. d.*, pet. in-8, car. r. 128 ff. cartonné.

Fragment de la traduction de l'ouvrage de Ægidius de Columna.

36. Philosophie d'amovr de M. Léon Hebrev, traduicte d'italien en françoys, par le seigneur du Parc, Champenois. *A Lyon, chez Guill. Rouille et Thibaud Payen*, 1559, pet. in-8, maroq. rouge fil. tr. dor. (*Anc. rel.*)

37. L'Antidote d'amovr, avec un ample discours, contenant la nature et les causes d'icelui; ensemble les remèdes les plus singuliers pour se

préserver et guérir des passions amoureuses, par
Jean Aubert, docteur en médecine. *A Delft, chez
Arnold Bon*, 1663, in-12, front. gr. v. ant. fil.

38. De la Sagesse, trois livres, par Pierre Charron,
Parisien, docteur es droicts, suivant la vraye copie
de Bourdeaux. *A Amsterdam, chez Louÿs et Daniel Elzevier*, 1662, pet. in-12, front. gr. maroq.
rouge, dent. à comp. tr. marbr. (135 mill.)

39. Traicté de la cour, ou Instruction des courtisans,
par M. du Refuge. *Amsterdam, chez les Elzeviers*,
1656, in-16, v. f. dent. tr. dor. (*Thouvenin.*)

40. Aristippe, ou de la Cour, par M. de Balzac. *Leyde,
chez Jean Elzevier*, 1658, in-12, maroq. vert, dent.
à comp. tr. dor. (*Ducastin.*)

41. C. Paschalii Legatus. *Amstel., apud Elzevirium.*
1645, in-12, v. f.

42. Mémoires touchant les ambassadeurs et les mi-
nistres publics, par L. M. P. (par de Wiquefort).
A Cologne, chez Pierre Marteau (à la Sphère),
1667, pet. in-12, v. ant.

43. L'Art de connoître les hommes, par le sieur de
la Chambre, médecin ordinaire du roy. *Amsterdam, chez Jacques le jeune*, 1660, in-12, front. gr.
veau bleu, fil. et dent. à fr. sur les plats, tr. dor.

44. De l'Vsage des passions, par le R. P. J. F. Se-
nault, prêtre de l'Oratoire. *A Paris, Elzevier*, 1643,
in-12, front. gr. maroq. rouge fil. à comp. doublé de tabis avec dent. or. (*Bozérian.*)
130 mill.

45. La Morale pratique des jésuites représentée en
plusieurs histoires arrivées dans toutes les parties
du monde. *A Cologne, chez Gervinus Quentel*,
1669, in-12, demi-rel. v. vert.

46. OEuvres complètes de Vauvenargues, revues et
augmentées sur les manuscrits communiqués par
sa famille, accompagnées de notes et terminées par

une table analytique des matières. *Paris, de l'impr. de Delance, l'an cinq* (1797), 2 tomes en 1 vol. in-8, pap. vélin, maroq. vert, plats dent. tr. dor.

47. OEuvres philosophiques de Fréret. *Londres,* 1751, in-4, maroq. rouge fil. tr. dor. (*Anc. rel.*)

48. Les Mœurs, par Toussaint. *S. l.*, 1748, 3 parties en 1 vol. pet. in-8, front. et vign. gr. v. dent. tr. dor.

49. Hermippus Redivivus, ou le Triomphe du Sage sur la vieillesse et le tombeau, contenant une méthode pour prolonger la vie et la vigueur de l'homme, traduction de l'anglais, d'après le docteur Cohausen, et la seconde édition de Londres, par M. de la Place. *A Bruxelles, et se trouve à Paris, chez Maradan,* 1789, 2 vol. in-8, portr. v. rac. fil. à comp. tr. dor.

50. Le Pornographe, ou Idées d'un honnête homme sur un projet de règlement pour les prostituées propre à prévenir les malheurs qu'occasionne le publicisme des femmes, avec des notes historiques et justificatives, par M. Rétif de la Bretonne. *Londres et la Haye,* 1770, 2 parties en 1 vol. in-8, v. marb. tr. marb.

51. Essai sur l'art d'être heureux, suivi d'un éloge de Montaigne, par Joseph Droz. *Paris, de l'impr. de Crapelet et Aug. Renouard, libr.*, 1815, in-8, pap. vélin, demi-rel. dos et coins de veau vert, n. rog.

52. Flave Végèce, du Fait de guerre et fleur de chevalerie ; Sexte-Jules Frontin, les Stratagèmes, et autres auteurs, traduicts fidèlement du latin en françoys. *Imprimé à Paris, par Chrestian Wechel,* 1536, in-fol. v. ant. fil. tr. dor.
Grandes planches sur bois.

53. Les Dovze livres de Robert Valtvrin, touchant la Discipline militaire, translatez de langve latine en françoyse, par Loys Meigret, Lyonnois. *Paris,*

chez Charles Périer, demourant en la rue Sainct-Jean de Beauuais, à l'enseigne de Bellérophon, 1555, in-fol. réglé, fig. dans le texte, v. f. fil. tr. dor. (*Simier.*)

54. Tactique prussienne, ou Système militaire de la Prusse, ornée du portrait gr. de Frédéric le Grand, roi de Prusse, et de 93 planches. *A Paris, chez Maradan,* 1789, in-4, v. rac.

55. G. Jacchæi Institutiones physicæ. *Amstel., apud L. Elzevirium,* 1644, in-12, v. f.

56. Des Pierres précieuses et des pierres fines, avec les moyens de les connaitre et de les évaluer, par M. Dutens. *A Paris, chez F.-A. Didot, impr. et de Bure aîné, libr.* 1776, in-16, maroq. rouge, fil. tr. dor. (*Anc. rel.*)

57. Scriptores antiqui de Re rustica. *Parisiis, Rob. Stephanus,* 1543, 2 vol. pet. in-8, mar. citr. tr. dor. (*Anc. rel.*)

Les feuillets de table du tome 1er sont plus courts.

58. Baconis Sylva sylvarum seu historia naturalis et nova Atlantis. *Amstel., ex off. Elzeviriana,* 1661, in-12, titre gravé, v. f. fil. tr. dor.

59. Histoire de la mouche commune de nos appartements, planches par Keller. (*Nuremberg*), 1766, in-fol. mar. r. fil. tr. dor. (*Derome.*)

60. Notice sur les chèvres asiatiques à duvet de Cachemire, par M. Polonceau. *Paris,* 1824, in-8, fig. maroq. vert clair, dos et coins fleurdelisés, fil. tr. dor. (*Aux armes de la duchesse de Berry.*)

61. Les Chats (par Paradis de Moncrif). *Paris, Quillau,* 1727, in-8, v. f. ant. fil. figures.

Bel exemplaire.

62. Hippocratis, medicorum principis, Coacæ prænotiones, gr. et lat. *Amst. ex off. Elzeviriana,* 1660, in-12, mar. r. fil. tr. dor.

63. Hippocratis Aphorismi, gr. et lat. *Lugd. Bat., ex off. Elzeviriana*, 1628, in-18, mar. r. fil. tr. dor.

64. C. Celsus, de Medicina. *Lugd. Bat., apud Joh. Elzevirium*, 1657, in-12, titre gravé, maroq. bl. fil. tr. dor.

65. Schola Salernitana, sive de conservanda valetudine præcepta metrica, authore J. de Mediolano. *Roterodami, Leers*, 1667, in-12, v. ant. fil.

66. Francisci Deleboe Opera medica. *Amstel., apud Danielem Elzevirium*, 1680, in-4, vélin.

67. Le Médecin de soi-même, ou l'Art de se conserver la santé par l'instinct (par Jean Devaux, chirurgien de Paris). *Leyde*, 1682, in-12, vél. blanc.

68. Les Admirables Secrets d'Albert le Grand, tirés et traduits sur d'anciens manuscrits de l'auteur, qui n'avaient pas encore paru. *A Lyon*, 1785, pet. in-12, fig. v. f. fil. (*Rel. anc.*)

69. Albertus Magnus. De secretis mulierum. *Amstel.*, 1669, in-12, titre gr. mar. r. fil.

70. Conseils et moyens très asseurez et faciles pour vivre plus de cent ans dans une parfaite santé, traduit de l'italien de Louis Cornaro, par M. D***. *A Paris, chez Jacques Lefebvre*, 1701, pet. in-12, demi-rel. dos et coins de v. vert.

71. De la Flagellation dans la médecine et dans les plaisirs de l'amour, ouvrage singulier traduit du latin de J. H. Meibomius; nouvelle édition, revue, corrigée et augmentée du joli poëme de l'Amour fouetté. *A Paris, chez Mercier, an VIII* (1800), in-16, front. gr. demi-rel. bas.

72. La Religion du médecin, c'est-à-dire description nécessaire, par Thomas Brown, médecin renommé à Norwich, touchant son opinion accordante avec le pur service divin d'Angleterre. *S. l.*, 1668, in-12, réglé, veau f. ant. dent. tr. dor. (*Bozérian.*)

73. Vanini Amphitheatrum æternæ Providentiæ divino-magicum. *Lugduni, de Harsy*, 1615. — Ejusdem de admirandis naturæ reginæ deæque mortalium Arcanis. *Lutetiæ, Périer*, 1616, 2 vol. in-8, mar. citr. (*Anc. rel.*)

Ch. Nodier a ajouté au 1er volume cette note : *Exemplaire de M. de Tane, amateur de la Haye qui reliait ses livres lui-même.*

Ces deux ouvrages sont rares ; leur auteur fut pendu et brûlé à Toulouse, en 1619. Cependant ils parurent avec approbation et privilége, et le second est dédié au maréchal de Bassompierre.

74. Polydori Vergilii de Inventoribus rerum. *Amstel., apud Elzevirium*, 1671, in-12, titre gr. demi-rel.

131 mill. Marques au crayon sur les marges.

75. Traicté des chiffres, ov Secrètes manières d'écrire, par Blaise de Vigenère, Bovrbonnois. *A Paris, chez Abel l'Angelier*, 1586, in-4, v. marb.

Quelques mouillures.

76. Apicius Cœlius, de Opsoniis et condimentis libri X, cum annotationibus Martini Lister. *Amstel.*, 1709, pet. in-8, mar. bl. fil. tr. dor. (*Simier.*)

Exemplaire en grand papier.

77. Traité de la chasse de Xénophon, traduit en françois par J.-P. Gail. *A Paris, an IX* (1801), in-12, portrait de Lebarbier, et figure av. la lettre de Chaudet, pap. vélin, v. f. dent. à comp. tr. dorée.

78. Les Qvatre livres de la Vénerie d'Oppian, poëte grec d'Anazarbe, par Florent Chrestien. *A Paris, de l'impr. de Robert Estienne par Mamert Patisson*, 1575, in-4, v. marbr.

Rare. Les derniers feuillets piqués.

79. La Favconnerie de Charles d'Arcvssia de Capre, seigneur d'Esparron, de Pallières, et dv Revest en Provence, avec les portraits au naturel de tous les oiseaux. *A Rouen, François Vaultier*, 1643, 2 part. en 1 vol. in-4, vél. (*Mouillé.*)

BEAUX-ARTS.

80. Les Images, ov Tableaux de platte peintvre des deux Philostrates grecs, mis en françois par Blaise de Vigenère. *Paris, Sébastien Cramoisy,* 1637, in-fol. bas. fig. gr.

81. GALERIE DU PALAIS-ROYAL, gravée d'après les tableaux des différentes écoles qui la composent ; avec un abrégé de la vie des peintres, et une description historique de chaque tableau, par M. l'abbé de Fontenai, dédiée A. S. A. S. Mgr le duc d'Orléans, premier prince du sang, par J. Couché, graveur de son cabinet. *Paris,* 1786-1808, 3 vol. gr. in-fol. demi-rel. dos et coins de v. viol. n. rog.

82. Analyse de la beauté destinée à fixer les idées vagues qu'on a du goût, traduit de l'anglais de Guillaume Hogarth, précédé de la vie de ce peintre, et suivi d'une notice chronologique, historique et critique de tous ses ouvrages de peinture et de gravure, avec deux grandes planches. *A Paris, an XIII* (1805), 2 vol. in-8, v. f. tr. marbr. (*Simier.*)

83. L'Entrée triomphale de leurs majestez Louis XIV et Marie-Thérèse d'Autriche son épouse dans la ville de Paris. *Paris,* 1662, in-fol. v. figures.

84. Plan des Invalides, 23 planches gravées. In-fol. v. ant. (*Aux armes de France.*)

Bel exemplaire. Il n'y a pas de titre.

85. Chambers. Plans, elevations and perspective views of the Gardens and Buildings at Kew, in Surry. *London,* 1763, in-fol. cart. 43 planches.

Le cartonnage est recouvert en soie or, bleue, rouge et noire.

86. The Seats of the nobility and gentry. Views en-
graved by Watts. *Chelsea*, 1779, in-4 obl., maroq.
r. fil. tr. dor.

87. Description des nouveaux jardins de la France
et de ses anciens châteaux, mêlée [d'observations
sur la vie de la campagne et la composition des
jardins, par Alexandre de Laborde. *Paris, de
l'impr. de Delance*, 1808, gr. in-fol. planches
dessinées par Ch. Bourgeois, demi-rel. dos et
coins de maroq. n. rog.

88. Essai sur l'origine de la gravure en bois et en
taille-douce, et sur les connaissances des estampes
des XV° et XVI° siècle, où il est parlé aussi de l'origine des cartes à jouer et des cartes géographiques
(par Jansen). *Paris, F. Schœll*, 1808, 2 vol. in-8,
cart. n. rog.

89. Iconologie, ou Explication nouvelle de plusieurs
images, emblèmes et autres figures, œuvre augmentée d'une seconde partie, nécessaire à toute
sorte d'esprits et particulièrement à ceux qui as-
pirent à être, ou qui sont en effet orateurs, poëtes,
sculpteurs, peintres, ingénieurs, auteurs de médailles, de devises, de ballets et de poëmes dra-
matiques, tirée des recherches et des figures de
César Ripa. *A Paris, chez Mathieu Guillemot*,
1644, in-fol. demi-rel. fig. dans le texte.

90. Suite d'estampes gravées par madame la mar-
quise de Pompadour, d'après les pierres gravées
de Guay, graveur du roy. *S. l. n. d.*, in-4, v. ant.
fil. tr. dor. (*Relié par la veuve Derome.*)

Second tirage.

91. Recueil d'estampes gravées d'après des pein-
tures antiques italiennes, etc., par Auguste Bou-
cher-Desnoyers. *A Paris, de l'impr. de Firm. Didot*, 1821, gr. in-fol. pap. vél. demi-rel. bas. n.
rogn.

92. Vues dans l'empire ottoman, principalement
dans la Caramanie, partie de l'Asie Mineure jusqu'à présent peu connue, avec un choix de quelques vues curieuses dans les îles de Rhodes et de
Chypre, d'après les dessins originaux en la posses-
sion de M. le chev. R. Ainslie, prises pendant son
ambassade à Constantinople, par Louis Mayer.
Londres, 1803, gr. in-fol. papier vél. texte anglais, demi-rel. chag. viol. n. rog. figures en
couleurs.

93. Suite des seize estampes représentant les con-
quêtes de l'empereur de la Chine Kien-Long dans
le royaume de Chanagar et dans les pays maho-
métans voisins en 1765. *S. l. n. d.*, in-fol. cart.
oblong.

94. Recueil de 97 figures d'après Eisen, Moreau,
Monnet, etc., pour les Métamorphoses d'Ovide.
Gr. in-8.

Une partie en double et avant la lettre.

95. Recueil de 16 portraits, par Ingouf, pour les
poëtes français. In-8.

96. Suite des figures sur chine et eaux-fortes de
Moreau pour les œuvres de la Fontaine, publiées
par Lefèvre en 1818.

La collection sur chine est du second tirage. Il y manque les planches sui-
vantes : Tome 1. L'Avare qui a perdu son trésor. — Le Savetier et le Finan-
cier. — Les Oies du frère Philippe. — Le cas de conscience. — La figure
supplémentaire. — Le passage du pont manque sur chine et eau-forte.

97. Suite de 12 eaux-fortes par Coiny pour les fables de la Fontaine. In-8. — 12 vignettes par Ber-
geret pour les fables de la Fontaine. In-4.

98. Suite de 12 vignettes et 1 portrait d'après Gé-
rard, Girodet et Desenne pour les œuvres de
Racine. In-8.

99. Suite de 12 vignettes et 2 portraits d'après Gar-
nier pour les œuvres de Racine. In-8.

100. Suite complète de 42 vignettes par Devéria
pour les œuvres de Rousseau. Gr. in-8.

Premières épreuves sur papier de Chine.

101. Suite de 42 vignettes par Devéria, lettre grise,
pour les œuvres de J.-J. Rousseau. In-8.

102. Suite de 19 vignettes sur chine par Desenne,
pour les œuvres de J.-J. Rousseau. In-8.

103. Suite de 12 vignettes par Choquet, pour les
œuvres de Destouches. In-8.

104. Collection de 24 vignettes, pour les œuvres
de Delille. in-8.

105. Collection de 10 vignettes sur chine par Char-
let, pour Don Quichotte. In-8.

106. Recueil de 79 pièces à la manière du la-
vis, etc., par Saint-Non, Fragonard. In-4.

107. Recueil de 60 figures des culs-de-lampe pour
les pierres gravées du duc d'Orléans. — 32 figures pour les pierres gravées du duc d'Orléans.
In-4.

Le frontispice manque et quelques planches sont en double.

BELLES-LETTRES.

1. LINGUISTIQUE, RHÉTEURS, ORATEURS.

108. Prisciani grammatici libri omnes. *Aldus*, 1527, in-8, mar. r. (*Bozérian*.)

Le 1er feuillet remonté et le 39e feuillet transposé.

109. Dictionnaire italien-françois et françois-italien bien curieusement reveu, corrigé et augmenté, par Nathanaël Duez. *A Leide, chez Jean Elsevier, impr. de l'Académie*, 1660, 2 vol. pet. in-8, v. f. fil. orn. à froid, tr. dor.

Rare, reliure moderne.

2 POÈTES ANCIENS.

110. Anacreontis Odæ, gr. *Glasguæ, Foulis*, 1751, in-24, mar. r. fil. tr. dor. (*Anc. rel.*)

111. Odes, inscriptions, épitaphes, épithalames et fragments d'Anacréon, traduits en français par le citoyen Gail. *Paris, de l'impr. de Didot l'aîné, l'an II de la République française*, pet. in-12, figures avant la lettre et eaux-fortes, mar. rouge, fil. tr. dor. (*Lefèvre.*)

112. Homeri Opera quæ extant omnia, gr. et lat., curante Ledernino. *Amst., ex off. Wetsteniana*, 1707, 2 vol. pet. in-12, v. bl. fil. tr. dor.

Taches dans le fond de la marge.

113. L'Iliade et l'Odyssée d'Homère, avec des remarques, précédées des réflexions sur Homère et sur la traduction des poëtes, par **M.** Bitaubé. *A Paris, de l'impr. de Didot l'aîné*, 1787-88, 12 vol.

in-12, papier vélin, maroq. grenat, fil. à comp.
doublé de tabis rose, tr. dor. (*Anc. rel.*)

114. Pindari Olympia, Pythia, Nemea et Isthmia.
Genevæ, Oliva Pauli Stephani, 1626, pet. in-12,
all. mar. bl. fil. tr. dor.

115. Theocriti, Bionis et Moschi Carmina bucolica,
gr. et lat., ed. Walckenaer. *Lugd. Bat.,* 1810,
in-8, pap. de Holl. mar. bl. n. rog. (*Bozérian.*)

116. Theocriti Idyllia, gr. *Parmæ, Bodoni,* gr. in-8,
mar. r. (*Anc. rel.*)

117. Idylles de Théocrite, traduites par le citoyen
Gail, ouvrage orné de 15 gravures faites d'après
les dessins de Barbier, Moreau et Chaudet. *Paris,
de l'imprimerie de Didot jeune, an VII,* 2 vol.
in-12, v. f. fil. tr. dor. (*Anc. rel.*)

Exemplaire en grand papier vélin, avec figures avant la lettre et eaux-
fortes.

118. Apollonius Rhodius Argonauticorum libri.
Lugd. Bat., ex off. Elzeviriana, 1641, in-8, vél.

119. Musæi Grammatici de Herone et Leandro car-
men, gr. et lat., ex recens. Rover. *Lugd. Bat.,*
1737, in-8, mar. bl. fil. n. rog.

120. Q. Horatii Flacci Poemata. *Amst., apud Dan.
Elzevirium,* 1676, in-12, titre gravé, mar. viol.
filets, tr. dor. rel. de Simier.

132 mill. Tache dans le haut de la marge.

121. Quintus Horatius Flaccus. *Parisiis, excudebat
Petrus Didot,* 1799, gr. in-fol. pap. vél. demi-rel.
maroq. n. rog.

122. Virgilii Opera. *Lugd. Bat., ex off. Elzeviriana,*
1636, in-12, titre gravé, c. de R. (*Thouvenin.*)

Premier tirage. Hauteur 120 mill.

123. Virgilii Maronis Opera. *Birminghamiæ, typis
Johannis Baskerville,* 1757, in-4, mar. rouge, fil.
tr. dor. (*Anc. rel.*)

A.

2

124. Publius Virgilius Maro : Bucolica, Georgica et
Æneis. *Parisiis, excudebat Petrus Didot*, 1798,
in-fol. gr. pap. vél. fig. demi-rel. maroq. rouge,
n. rog.

125. Ovidii Nasonis Opera, Heinsius recensuit.
Amstel., ex off. Elzeviriana, 1661, 3 vol. in-12,
mar. r. fil. tr. dor.

Le titre gravé est coupé sur le côté. Quelques taches dans l'exemplaire.

126. LES MÉTAMORPHOSES D'OVIDE, en latin et en
français, de la traduction de M. l'abbé Banier,
figures gravées sur les dessins des meilleurs peintres français par les soins des sieurs le Mire et
Basan, graveurs. *A Paris, chez Delormel*, 1767-
70, 4 vol. in-4, mar. r. plats dent. dos ornés,
tr. dor. (*Bozérian.*)

Deuxième tirage.

127. Nouvelles Fables de Phèdre, traduites en vers
italiens et en prose française par M. Biagioli, et
précédée d'une préface française par M. Ginguené,
A Paris, de l'impr. de P. Didot l'aîné, 1812, in-8,
mar. vert, dent. tr. dor. (*Simier.*)

128. Catullus, Tibullus, Propertius. *Venetiis, Aldus*,
1515, pet. in-8, mar. r. fil. tr. dor. (*Thouvenin.*)

12, mill.

129. Tibulli Carmina, edidit Bach. *Lipsiæ*, 1819,
in-8, papier vélin, maroq. bl. fil. n. rog. (*Thouvenin.*)

130. Juvenalis, Persius. *Venetiis, in ædibus Aldi*,
1501, pet. in-8, mar. bl. fil. tr. dor. (*Bozérian.*)

153 mill.

131. LUCRETIUS. (In fine :) *Venetiis, in ædibus Aldi*,
1515, in-8, mar. bl. fil. tr. dor. (*Bozérian.*)

Exemplaire grand de marges, 160 mill.

132. Lucrèce, traduction nouvelle avec des notes,
par M. L. G. (La Grange, revue par Naigeon).
Paris, Bleuet, 1768, 2 vol. in-8, pap. de Holl.

front. figures de Gravelot, v. f. fil. tr. dorée.
(*Anc. rel.*)

133. Lucrèce, de la Nature des choses, traduit par la
Grange. *Paris, de l'impr. de Didot le jeune, et
chez Bleuet père, libr. sur le pont Saint-Michel,
l'an deuxième de la République*, 2 vol. in-4, fig.
de Monnet, maroq. vert, plats dent. et orn. à
froid, tr. dor.

134. Lucanus. (In fine :) *Venetiis, in ædibus Aldi*,
1515, pet. in-8, mar. r. fil. tr. dor. (*Bozérian.*)

Exemplaire grand de marges. 163 mill. Les marges de côté sont étroites.

135. La Pharsale de Lucain, ou les Guerres civiles
de César et de Pompée, en vers françois, par M. de
Brébeuf. *A Leide, chez Jean Elsevier*, 1658,
in-12, front. gr. v. f. ant. (125 mill.)

136. Statii Opera. *Venetiis, in ædibus Aldi*, 1502,
pet. in-8, mar. r. dent. tr. dor. (*Bozérian.*)

Exemplaire grand de marges. 160 mill. Piqûre raccommodée aux quatre
derniers feuillets.

137. Claudiani quæ exstant. *Lugd. Bat., ex off. Elzeviriana*, 1650, in-12, titre gravé, mar. bl. fil.
tr. dor. (*Bozérian.*)

Hauteur : 137 mill. Exemplaire réglé.

138. Ausonius. *Venetiis, in ædibus Aldi*, 1517, pet.
in-8, mar. r. fil. tr. dor. (*Derome.*)

Bel exemplaire. 151 mill.

139. Pervigilium Veneris, cum notis. *Hagæ Comi-
tum*, 1712, in-8, mar. r. fil. tr. dor. *non rogné.*

140. Poetæ tres egregii. Gratii de Venatione. — Ovidii
Halieuticon. — Nemesiani Cynegeticon. *Venetiis,
in ædibus Aldi*, 1534, pet. in-8, demi-rel.

Édition princeps de ces trois poëmes.

141. Priapeia, sive diversorum poetarum in Pria-
pum Lusus. *Patavii*, 1664, pet. in-8, v. ant. fil.
tr. dor.

142. Venerum Blyenburgicarum, sive Horti amoris
areola. *Dordraci,* 1600, pet. in-8, c. de R.

143. J. Sannazarii Opera. *Aldus,* 1535, pet. in-8,
mar. r. fil. tr. dor. (*Anc. rel.*)

L'ancre aldine sur le titre a été dorée. L'exemplaire a 155 mill. de hauteur.

144. Heinsii Poemata. *Amstel., apud. Dan. Elzevirium,* 1666, pet. in.8, mar. bl. fil. tr. dor. (*Thouvenin.*)

145. Menagii Poemata. *Amstel., ex off. Elzeviriana,*
1663, in-12, vél. (134 mill.)

146. Opus Merlini Coccaii macaronicorum. *Amst.,*
1692, pet. in-8, vignettes, mar. bl. fil. (*Bozérian.*)

Exemplaire non rogné.

147. Histoire maccaronique de Merlin Coccaie (Th.
Folengo), prototype de Rabelais, où est traicté les
ruses d'Angar, les tours de Boccal, les advantures
de Léonard, les farces de Fracasse, les enchan-
tements de Gelfore et Pendrague, plus l'horrible
bataille advenue entre les mouches et les four-
mis. *Paris, Toussainct du Bray,* 1606, 2 vol.
in-16, v. ant.

3. POËTES FRANÇAIS.

148. Collection des poëtes françois publiée par
Coustelier. *Paris,* 1723, 8 vol. in-12, mar. r. fil.
tr. dor. (*Bozérian.*)

Exemplaire relié sur brochure. Il manque le Racan.

149. Le Pas d'armes de la bergère, maintenu au
tournoi de Tarascon, publié d'après le manuscrit de la Bibliothèque du roi, avec un précis de
la chevalerie et des tournois, et la relation du
carrousel exécuté à Saumur en présence de S. A. R.
madame la duchesse de Berry, le 20 juin 1828.

Paris, impr. de Crapelet, 1828, gr. in-8, pap. vél. figure coloriée, cart.

150. Les Poésies du roy de Navarre, avec des notes et un glossaire français. *Paris, Hipp.-L. Guérin.* 1742. 2 vol. pet. in-8, demi-rel. mar. rouge, fil. tr. dor.

151. Le Rommant de la Rose, nouuellement reueu et corrigé oultre les précédentes impressions. *On les vend à Paris, par Galliot du Pré, libraire iuré ayant sa bouticque au premier pillier de la grant salle du Pallays,* 1529, in-16 carré, fig. sur bois, mar. bleu foncé, dent. et fil. à comp. dos orné à petits fers, doublé de tabis rose, avec dent. or. tr. dor. (*Bozérian.*)

Exemplaire court de marges, 134 mill.

152. Le Roman de la Rose, par Guillaume de Lorris et Jehan de Meung, nouvelle édition revue et corrigée sur les meilleurs et plus anciens manuscrits par M. Méon. *Paris, de l'impr. de Didot l'aîné,* 1814, 4 vol. in-8, fig. de Monnet, maroq. fil. tr. dor. (*Simier.*)

Exemplaire en papier vélin.

153. La Dance aux aveugles, et autres poésies du xv° siècle, extraites de la bibliothèque des ducs de Bourgogne. *Lille, Andr.-Joseph Panckoucke,* 1748, in-12, maroq. bleu foncé, dent. à comp. dos orné, doublé de tabis rose, avec dent. or. tr. dor. (*Bozérian.*)

154. Livre d'amour, ou Folastrerie du bon vieux temps. *Paris, chez Louis Janet, de l'impr. de Firmin Didot,* in-12, *front. et figures peintes en couleurs par Aug. Garnerey,* v. quadr. dent. à comp. et orn. à froid, doublé de tabis bleu, tr. dorée.

— Même ouvrage, même édition. Maroq. rouge, fil. à comp. tr. dor.

155. Le Recveil de tovt sovlas et plaisir, et paragon
de poésie comme épistres, rondeaux, balades,
épigrammes, dizains et huictains, nouvellement
composé. *A Paris, pour Jean Bonfons,* 1562, pet.
in-8, fig. sur bois, demi-rel. d. et c. de bas. r.
n. rog.

Le titre et la fin de ce volume sont atteints par l'humidité et raccommodés;
les deux derniers feuillets sont manuscrits.

156. Le Cabinet satyriqve, ou Recveil parfaict des
vers piqvants et gaillards de ce temps, tiré des
secrets cabinets des sieurs de Sigognes, Regnier,
Motin, Berthelot, Maynard, et autres des plus
signalez poëtes de ce siècle. *A Paris, chez Antoine
Estoc au Palais,* 1624, in-12, front. gr. v. fauve,
dent. à comp. tr. dor. (*Duplanil.*)

47 mill. Exemplaire grand de marges.

157. Le Parnasse des poëtes satyriques, ou dernier
recueil de vers piquants et gaillards de notre temps
par le sieur Théophile. *S. l. (à la Sphère),* 1668,
in-12, mar. citron, orn. à froid sur les plats, tr.
dorée.

Quelques feuillets sont rognés en tête.

158. Les Nouvelles OEuvres de M. le Pays. *Amsterdam, chez Abraham Wolfgang,* 1674, 2 parties en
1 vol. in-12, front. gr. maroq. viol. fil. tr. dor.
(*Purgold.*)

Exemplaire grand de marges; il y a quelques taches.

159. OEuvres de M. Boileau-Despréaux, nouvelle
édition, avec des éclaircissemens historiques don-
nés par lui-même et rédigés par M. Brossette;
augmentée de plusieurs pièces, tant de l'auteur
qu'ayant rapport à ses ouvrages avec des remarques et des dissertations critiques par M. de Saint-
Marc. *Paris,* 1747, 5 vol. in-8, vignettes d'Eisen,
mar. rouge, fil. dos orné, tr. dor. (*Bradel.*)

Bel exemplaire.

160. Fables choisies, mises en vers par J. de la
Fontaine. *Paris*, 1755, 4 vol. in-fol. mar. r. fil.
tr. dor. (*Rel. anc.*)

Les figures ont été coloriées.

161. CONTES ET NOUVELLES EN VERS, par M. de
la Fontaine. *Amsterdam*, 1762, 2 vol. in-8, portr.
et figures, mar. vert, dent. et fil. sur les plats,
doublé de tabis rose. (*Derome.*)

Très-bel exemplaire *de présent* de l'édition des fermiers généraux.

162. Contes et Nouvelles en vers, par M. de la
Fontaine. *Amsterdam*, 1762, 2 vol. in-8, portr. et
fig. v. rac. fil. tr. dor.

Figures des fermiers généraux. 2e édition sous cette date. Le Cas de conscience et le Diable de Papefiguière sont découverts. Exemplaire court de
marges, les fleurons de Choffard sont tirés à part.

163. OEuvres de madame Deshoulières, nouvelle
édition, dédiée au sexe amateur de la poésie agréa-
ble. *Paris, de l'impr. de Crapelet, an VII*, 2 vol.
in-8, portrait, demi-rel. chagr. viol. n. rog.

Exemplaire en grand papier vélin.

164. Vers allégoriques de Mme Deshoulières à ses en-
fants. — Odes de M. de Voltaire sur le repentir
(2 feuillets ms.). — Compliment à monseigneur
l'évêque d'Ypres à son entrée solennelle dans
son diocèse, 1762, — Pièces réunies en une plaquette in-4, 5 *figures*, cart.

165. OEuvres du sieur de la Chapelle. *A Paris,
chez Jean Anisson*, 1700, 2 vol. in-12, mar. vert,
fil. tr. dor. (*Anc. rel.*)

166. Poésies de Chaulieu, précédées d'une notice
biographique et littéraire par M. Lemontey. *Paris, Froment et Dauvin*, 1825, in-8, portrait,
mar. vert, fil. à comp. tr. marbr.

167. OEuvres de Bernard, ornées d'une gravure d'a-
près Prudhon. *Paris, chez Janet et Cotelle*, 1823,
in-8, bas. verte, tr. marbr.

168. OEuvres complètes de Grécourt, enrichies de figures. *Paris, an IV* (1796), 4 vol. in-8, portr. et fig. de Fragonard, mar. rouge, fil. tr. dor. (*Rel. anc.*)

Papier vélin. Figures avant la lettre.

169. OEuvres de Gresset. *Paris, Ant.-Aug. Renouard,* 1811, 2 vol. in-8, veau bleu, fil. et dent. (*Purgold.*)

Exemplaire en papier vélin avec le *Parrain magnifique.* Il est orné de plusieurs portraits, des petites figures de Moreau, de la suite de Moreau, in-8, avant la lettre, des figures de Desenne avant la lettre.

170. OEuvres de François-Joachim de Pierre, cardinal de Bernis; on y a joint le poëme de la Religion vengée, ouvrage posthume de l'auteur. *A Paris, de l'imprimerie de P. Didot, an V* (1797), in-8, gr. pap. vél. maroq. rouge, fil. tr. dor. (*Rel. anc.*)

171. Poésies érotiques, par M. le chevalier de Parny. *A l'Isle Bourbon,* 1778, in-8, pap. vélin fort, mar. rouge, fil. tr. dor. (*Anc. rel.*)

Mouillures.

172. Glycère, ou la Philosophie de l'amour, poëme champêtre (attribué à M. de Saint-Aubin). *Zurich,* 1796, in-8, mar. citron, dent. à comp. tr. dor. (*Bozérian.*)

Tiré à cent exemplaires sur papier vélin.

4. POÈTES ÉTRANGERS.

173. Le Terze Rime di Dante. *Venetiis, in ædibus Aldi,* 1502, pet. in-8, mar. bl. dent. tr. dor. (*Bozérian.*)

Exemplaire grand de marges. 162 mill. Légères piqûres.

174. Rime di Pietro Bembo. (*Firenze,* 1548), gr. in-8, v. à comp. tr. dor.

Exemplaire grand de marges, reliure du temps, mal conservée. Le duc de Nivernois a fait ajouter son nom sur les plats de la reliure.

175. Il Petrarca, con la spositione di G. Andr. Ges-
naldo. *In Venetia, per Domenico Giglio*, 1553,
in-4, rel.

176. La Gerusalemme liberata di Torquato Tasso.
Paris, Ambr. Didot l'aîné, 1784-86, 2 vol. in-4,
fig. de Cochin, mar. bleu, plats dent. doublé de
tabis, dent. tr. dor. (*Bisiaux.*)
Bel exemplaire.

177. Jérusalem délivrée, poëme trad. de l'italien,
enrichi de la vie du Tasse, orné de son portrait et
de belles gravures. *Paris, Bossange, Masson et Bes-
son, an XI* (1803), 2 vol. in-8, maroq. vert clair,
fil. tr. dor.
Exemplaire en grand papier vélin. Figures de Le Barbier avant la lettre.

178. Il Torracchione desolato di Bartolommeo Cor-
sini, con alcune spiegazioni de l'aggiunta del suo
Anacreonte Toscano. *Londra*, 1768, 2 vol. pet.
in-12, portrait et titre gr. par Moreau, v. porph.
fil. tr. dor.

179. Novelle gallanti in ottava rima dell' Ab... C.
(Careti). *Londres, Molini*, 1793, in-8, maroq. r.
dent. à comp. tr. dor. (*Anc. rel.*)
Exemplaire en papier vélin.

180. Ossian, fils de Fingal, barde du iiie siècle, poésies galliques traduites sur l'anglais de Macpher-
son par Letourneur. *Paris, Dentu*, 1810, 2 vol.
in-8, pap. vél. fig. mar. rouge, dent. à compart.
tr. dor. (*Courteval.*)

181. Le Paradis perdu, poëme, par Milton, édition
en anglais et en français, ornée de douze estampes
imprimées en couleurs d'après les tableaux de
M. Schall. *Paris, chez Defer de Maisonneuve*,
1792, 2 vol. in-4, pap. vélin, mar. rouge, doublé de tabis, tr. dor. (*Rel. anc.*)
Bel exemplaire.

182. The poetical Works of Th. Gray. *London*, 1824,
in-18, mar. bl. fil. tr. dor.

5. THÉATRE.

183. Théâtre d'Æschyle, traduit en français avec
des notes philologiques et deux discours critiques, par F.-J. de la Porte du Theil (avec le texte
grec en regard). *A Paris, de l'Imprimerie de la
République, an III*, 2 vol. in-8, gr. pap. vélin,
mar. rouge jans. tr. dor.

Figures avant la lettre.

184. Les Comédies de Térence, avec la traduction et
les remarques de Mme Dacier. *A Rotterdam, aux
dépens de Gaspard Fritsch*, 1717, 3 vol. in-8,
fig. au trait, mar. bl. foncé, plats dent. dos orné,
doublé de tabis rose av. fil. tr. dor. (*Bozérian.*)

Exemplaire en grand papier.

185. Senecæ Tragœdiæ. (In fine :) *In ædibus Aldi,*
1517, pet. in-8, mar. r. tr. dor. (*Bozérian.*)

Exemplaire grand de marges; il porte sur le titre la signature de Taisand,
trésorier de France à Dijon.

186. Senecæ Tragœdiæ cum notis Farnabii. *Amst.,
apud Danielem Elzevirium*, 1678, pet. in-12, mar.
bl. dent. tr. dor.

187. Moralité nouvelle du mauvais riche et du la-
dre, à douze personnages. *S. l. n. d.*, plaquette
de 16 pages in-8, demi-rel. v.

Réimpression tirée à petit nombre.

188. Le Jeu du prince des sotz et Mère Sotte, joué
aux Halles de Paris, le mardy gras l'an mil cinq
cens et unze. (A la fin:) *Fin du cry, sottie, moralité
et farce composez par Pierre Gringoire dit Mère
Sotte, et imprimé pour iceluy*, in-12, demi-rel. v.
f. n. rog.

Réimpression tirée à petit nombre.

189. Théâtre et autres œuvres de Ch.-Pierre Colar-
deau. *A Paris, chez Cailleau*, 1784, 2 vol. in-8,

papier de Holl. portrait et fig. gr. par Ch. Monnet, mar. vert, dent. tr. dor. (*Rel. anc.*)

190. Le Calife de Bagdad, opéra. *Paris, an XI,* plaquette in-8 de 38 pages, cart. pap. rose, fil. or.
(*Aux armes de la duchesse de Berry.*)

Paroles de Saint-Just. Musique de Boieldieu.

191. Celestina, tragicomedia de Calisto y Melibea.
En la officina Plantiniana, 1599, in-12, v.

Rare. Exemplaire bien conservé.

192. Quattro Comedie del divino Pietro Aretino.
1588, pet. in-8, mar. vert, fil. tr. dor. (*Rel. anc.*)

Exemplaire mouillé et fatigué.

6. ROMANS.

193. Les Amours pastorales de Daphnis et Chloé.
S. l., 1718, in-12, fig. de Coypel, maroq. vert,
fil. dos orné, doublé de tabis rose, tr. dor. (*Rel.
anc.*)

Édition ornée des figures du régent. Premier tirage. La figure dite *des petits pieds* n'est pas ajoutée à cet exemplaire.

194. Les Amours pastorales de Daphnis et Chloé,
escrites en grec par Longus et translatées en françois par Jacques Amyot. *Londres,* 1779, in-4, fig.
gravées, v. porph. fil. tr. dor.

Avec la gravure dite : *Aux petits pieds.*

195. Apulei Opera. *Venetiis, in ædibus Aldi,* 1521,
pet. in-8, v. gaufré, fil. tr. dor. (*Bozérian.*)

Les premiers feuillets sont un peu plus étroits que les suivants.

196. Joannis Barclaii Satyricon. *Lugd. Batavorum,
apud Elzevirios,* 1637, in-16, front. gr. vél. blanc.

197. L'Arbre des batailles, nouvellement imprimé
à Paris. (*Au verso du dernier feuillet :*) Cy fine le
liure intitulé l'Arbre des batailles, *imprimé à
Paris, le ve jour de juillet mil cinq cens qvinze,
par Michel le Noir, libraire iuré en l'uniuersité de*

Paris, demourant en la rue Sainct-Jacques à l'enseigne de la Rose blanche couronnée, pet. in-4 goth. v. f. tr. dor. (*Purgold.*)

Exemplaire assez grand de marges, quelques légers raccommodages.

198. Cy commence le premier livre de la Table ronde. LANCELOT DU LAC.(À la fin :) *Cy finist le premier livre de Lancelot du Lac, imprimé à Paris, l'an 1494 pour Ant. Bérard,* in-fol. demi-rel.

Premier volume seul. Il est incomplet de trois feuillets dans les pièces préliminaires, une partie du folio 223 manque. Il y a des raccommodages dans le reste du volume.

199. Histoire dv noble Tristan, prince de Léonnois, chevalier de la Table ronde, et d'Ysevlte, princesse d'Yrlande, royne de Cornouaille, fait par François - Jean Maugin dit l'Angevin. *A Paris, par Nic. Bonfons, rue neuve Nostre-Dame, à l'enseigne Sainct-Nicolas,* 1586, pet. in-4, texte à deux col. 2 fig. sur bois, v. ant.

Piqûres de vers dans la marge.

200. Histoire de Primaléon de Grèce, continuant celle de Palmerin d'Olive, tirée tant de l'italien comme de l'espagnol et mise en françois par François Vernassal (Gabr. Chappuis et Guill. Landri). *Lyon, Benoît Rigaud,* 1580, in-16, cuir de Russie, tr. dor. (*Rel. angl.*)

Cette édition ne renferme que le premier livre.

201. Les CENT NOUVELLES NOUVELLES. Suivent les Cent nouvelles contenant les Cent histoires nouveaux qui sont moult plaisans à raconter. *A Cologne, chez Pierre Gaillard,* 1701, 2 vol. pet. in-8, figures, mar. bl. dent. tr. dor. (*Anc. rel.*)

Exemplaire de Caillard. Les figures sont tirées à part.

202. Les OEuvres de M. François Rabelais, docteur en médecine, augmentées de la vie de l'auteur, et de quelques remarques sur sa vie et sur l'histoire. *S. l. n. d. (à la Sphère),* 1666, 2 vol. in-12, maroq. vert foncé, fil. tr. dor.

203. OEuvres de Rabelais. Édition variorum, augmentée des pièces inédites des songes drolatiques de Pantagruel ; ouvrage posthume, avec l'explication en regard, et un nouveau commentaire historique et philologique, par Esmangart et Éloi Johanneau. *A Paris, chez Dalibon*, 1823, 9 vol. gr. in-8, portraits et figures de Devéria, avant la lettre, sur chine et eaux-fortes, demi-rel. v. bleu, n. rog. (*Purgold.*)

Exemplaire en grand papier vélin.

204. OEuvres complètes de Mme Riccoboni, nouvelle édition, avec une notice sur la vie et les ouvrages de l'auteur, et ornée de 6 gravures. *Paris, Foucault,* 1818, 6 vol. in-8, demi-rel. chagr. rouge.

Exemplaire en papier vélin, figures avant la lettre.

205. Le Paysan perverti, ou les Dangers de la ville, par N.-E. Rétif de la Bretonne. — La Paysanne pervertie, par le même, et classement des figures pour le Paysan et la Paysanne. *Imprimé à la Haie et se trouve à Paris,* 1776. Ens. 9 vol. in-12, front. et fig. gr. par Binet, demi-rel. bas.

Bonnes épreuves.

206. Les Jolies Femmes du commun, ou Avantures des belles marchandes, etc., de l'âge présent, recueillies par N. E. R** D* L* B** (Rétif de la Bretonne). *Imprimé à Leipsick et se trouve à Paris,* 1782, figures, 8 vol. in-12, bas.

Bonnes épreuves. Cet ouvrage forme les tomes 18 à 26 des Contemporaines. Il faut 13 vol.

207. Les Liaisons dangereuses. Lettres recueillies dans une société, et publiées pour l'instruction de quelques autres, par C*** de L*** (Choderlos de Laclos). *Londres,* 1796, 2 vol. in-8, front. et fig. de Monnet, maroq. bleu, fil. tr. dor. (*Simier.*)

Papier vélin, figures avant la lettre.

208. Les Amours du chevalier de Faublas, par J.-B. de Louvet. *Paris, an VI de la République,*

4 vol. in-8, maroq. rouge, plats dent. et fil. doublé de tabis, tr. dor. (*Lefèvre.*)

Très-bel exemplaire papier vélin. Figures de Marillier, Monnet et autres avant la lettre.

209. OEuvres du comte de Tressan, précédées d'une notice sur sa vie et ses ouvrages, par M. Campenon. *Paris, Nepveu et Aimé André*, 1823, 10 vol. in-8, grav. d'après les dessins de M. Colin, et fig. ajoutées, demi-rel. dos et coins de v. n. rog. (*Purgold.*)

Exemplaire en grand papier vélin. Les figures de l'édition sont avant la lettre, et on y a ajouté un grand nombre de portraits, et les figures de Marillier et de Cochin.

210. OEuvres de Salomon Gessner. *Paris, Ant.-Aug. Renouard, an VII*, 1799, 2 vol. in-8, pap. vél. portr. et fig. de Moreau, maroq. rouge, dent. à comp. tr. dor.

Avec une lettre autographe de l'auteur, accompagnée de la traduction.

211. Le Philocope de messire Iehan Boccace Florentin, contenāt l'histoire de Fleury et Blanchefleur, divisé en sept livres, tradvitz d'italien en françoys par Adrian Sevin, gentilhomme de la maison de Gié. *On les vend à Paris, en la grand salle du Palais au premier pillier en la boutique de Iehan André, libraire juré en l'Vniversité de Paris.* 1542, in-fol. fig. sur bois dans le texte, maroq. fauve, comp. noir.

Reliure du xvie siècle, restaurée, et dos refait. Exemplaire grand de marges.

212. La Fiammette amovrevse de M. Jean Bocace, gentilhomme florentin, contenant, d'une inuention gentile, toutes les plainctes et passions d'amour, faicte françoise et italienne par G. C. D. T. (Gabriel Chappuis de Tours). *A Paris, chez Abel l'Angelier*, 1585, in-12, v. ant. tr. dor.

213. LE DECAMERON DE JEAN BOCACE (traduit par Antoine le Maçon). *Londres (Paris)*, 1757, 5 vol. in-8, front. et fig. de Gravelot, veau gr. fil. tr. marbr.

214. La Diane, de Georges de Montemayor, divisée
en trois parties; nouvelle et dernière traduction,
avec enrichissement de figures. *A Paris, chez
Robert Fouet*, 1631, 1 tome en 3 vol. pet. in-8.

Piqué de vers, les frontispices sont remontés. Le tome 4 renferme la *Diane des Bois*, par de Préfontaine. Le titre manque.

215. Les OEuvres de don Francisco de Quevedo
Villegas, chevalier espagnol, nouvelle traduction
de l'espagnol en françois, par le sieur Raclots,
Parisien, enrichie de figures en taille-douce. *A
Brusselles*, 1699, 2 vol. in-12, front. gravés et fi-
gures, maroq. rouge, fil. tr. dor. (*Derome*.)

216. El ingenioso Hidalgo don Quixote de la
Mancha, compuesto por Miguel de Cervantes
Saavedra, nueva edicion corregida por la real
Academia española. *En Madrid, don Joaquin
Ibarra, impresor de la real Academia*, 1780, 4 vol.
in-4, fig. maroq. rouge, large dent. sur les plats,
doublé de tabis, tr. dor. (*Anc. rel.*)

Bel exemplaire.

217. La Vie et les Aventures de Robinson Crusoé,
par Daniel de Foé, traduction revue et corrigée,
ornée de 19 gravures par Delignon, d'après les
dessins originaux de Stothart. *A Paris, chez Ver-
dière*, 3 vol. in-8, pap. vél. demi-rel. chagr. vert,
n. rog.

7. PHILOLOGIE. — FACÉTIES. — ÉPISTOLAIRES.

218. Commentarius Pauli Manutii in epistolas Tullii
Ciceronis. *Venetiis, Aldus*, 1557, pet. in-8, mar.
v. (*Bradel*.)

Exemplaire grand de marges, 152 mill. Il porte sur un second feuillet un ex libris de *Torrentius*, mort en 1595, et sur le titre la signature de *Hya-cinthus Durand, ecclesiæ Metensis Canonicus*, 1747, qui écrivit plusieurs notes derrière le titre; il ajouta : *Ce livre ne peut être méprisé que par un ignorant. M. l'abbé d'Olivet me l'acheta à la vente de la bibliothèque de M. Racine, auteur de ces tragédies immortelles qui vivront autant que les belles-lettres.*

219. Auli Gellii Noctium Atticarum libri. *Venetiis, in ædibus Aldi*, 1515, pet. in-8, mar. r. dent. tr. dor.

Exemplaire grand de marges, 164 mill. Piqûre de ver.

220. Macrobii in Somnium Scipionis Explanatio. — Ejusdem Saturnaliorum libri.— Censorinus de Die natali. *Venetiis, in ædibus Aldi*, 1528, pet. in-8, mar. bl. fil. tr. dor. (*Simier.*)

Bel exemplaire, 160 mill.

221. Alexander ab Alexandro : Genialium dierum libri VI. *Parisiis*, 1561, pet. in-8, demi-rel.

222. Poggii Facetiarum liber. *Traj. ad Rh.*, 1797, 2 vol. pet. in-12, pap. de Holl. mar. bl. fil. n. rogné.

223. Hippolytus redivivus, id est Remedium contemnendi sexum muliebrem. *S. l., anno* 1644, in-12, mar. r. fil. tr. dor. doubl. de soie.

Bel exemplaire.

224. Hippolytus redivivus, id est Remedium contemnendi sexum muliebrem. *Anno* 1644, in-12, mar. r. fil. tr. dor.

225. Antonius de Arena Provençalis ad suos compagnones qui sunt de persona friantes... nouvellos... mandat. *Londini*, 1758, pet. in-8, maroq. r. dent. tr. dor. (*Simier.*)

226. Le Débat de deux damoyselles, l'une nommée Noyre, et l'autre Tannée. — Le Débat du corps et de l'âme, et de la Vision de l'ermite.—Complainte de Trop tard marié. — Le Débat du vin et de l'eau. La Vie de saint Harenc, glorieux martyr. — Sermon de J. Olivier Maillard. *Paris*, 1826.— Recueil de 7 pièces en 1 vol. in-8, cart. n. rog.

Réimpression de poésies du xve siècle.

227. Les Quinze Joyes de mariage, ouvrage très-ancien auquel on a joint le Blason des fausses amours, le Loyer des folles amours, et Triomphe des Muses contre Amour. *A la Haye, A. de Rogissart,* 1726, in-12, v. f. ant.

228. Procès et amples examinations sur la vie de Caresme prenant. — La Copie d'un bail fait par une jeune dame. — Les Chansons folastres des comédiens, etc. 5 p. en 1 vol. pet. in-8, cart.
Réimpressions.

229. Contes et nouvelles, et Joyeux Devis de Bonaventure des Periers. On a joint à cette édition des observations sur le Cymbalum mundi de cet auteur. *A Amsterdam, chez Jean-Frédéric Bernard,* 1711, 2 vol. pet. in-12, front. gr. v. f. tr. dor. (*Rel. anc.*)

230. Le Moyen de parvenir, contenant la raison de tout ce qui a été, est, sera (par Béroalde de Verville). *Nulle part,* 100070039 (1739), 2 vol. pet. in-12, maroq. citron, fil. tr. dor. (*Anc. rel.*)

231. Les Novvelles et plaisantes Imaginations de Bruscambille en suite de ses Fantaisies, par le sieur D. L. Champ. *Paris, jouxte la copie,* 1617, pet. in-12, maroq. rouge, fil. tr. dor. ciselée.
Exemplaire court de marges.

232. Alphabet de l'imperfection et malice des femmes, reveu, corrigé et augmenté d'un friant dessert et de plusieurs histoires pour les courtisans et partisans de la femme mondaine, par Jacques Olivier. *A Paris, chez la veuve Jean Petit-Pas,* 1643, in-12, v. f. ant. fil. tr. dor. (*Thouvenin.*)

233. Recueil général des caqvets de l'accovchée, ou discours facétieux, où se voient les mœurs, actions et façons de fairé des grands et petits de ce siècle. *Imprimé au temps de ne plus se fascher,* 1624, in-12, maroq. rouge, fil. int. tr. dor. (*Rel. angl.*)
Dans le même volume : *le Jargon,* ou langage de l'argot réformé, comme il est à présent en usage parmi les bons pauvres. *Lyon, Nicolas Gay,* 1634, pet. in-8 de 60 pages.

Ces deux volumes sont rares; le 1er a le titre remonté et le dernier feuillet sale; les pages 43-44 fortement raccommodées. Le 2e est court de marges.

234. Les Bigarrures et Tovches du seigneur des Accords (Etienne Tabourot), avec les Apophthegmes du sieur Gaulard, et les Escraignes dijonnoises. *A Paris, chez Arnould Cotinet*, 1662, in-12, fig. sur bois, maroq. vert, fil. tr. dor.

235. Le Passe-partout galant, par monsieur ***, chevalier de l'ordre de l'Industrie et de la Gibecière. *A Constantinople, imprimé dans la présente année*, pet. in-12, v. marbr.

236. Le Livre de quatre couleurs (par Caraccioli). *Aux quatre élémens, de l'imprimerie des quatre saisons*, 4444. *Paris, Duchesne*, 1760, in-12, demi-rel. maroq. rouge, tête dor. n. rog.

237. Sermon pour la consolation des c.***. *A Amboise, Jean Coucou, à la corne de cerf*, 1751. — Exorde du sermon du R. P. Gardien des capucins. — Sermon prononcé par le R. P. Zorobabel Esprit Tino. — Hebraye. — Sermon d'un cordelier à des voleurs. — Le Cocu consolateur. Ens. 4 pièces en 1 vol. in-8, demi-rel. maroq. rouge.

238. Chronique, ou Recherches pour servir à l'histoire des mœurs du xviii° siècle. *A Caprée*, 1789. Saint Roch et saint Thomas, nouvelle. *Paris*, 1802. — Les Miracles, ou la Grâce de Dieu, conte dévot. *Paris*, 1802. — Ode patriotique sur les événements de l'année 1792, par le citoyen Lebrun. *Paris*, 1792. — Divers fragments du poëme de la Nature. — Chant du banquet républicain. Ens. 6 pièces réunies en 1 vol. in-8, demi-rel. v. f. n. rog.

239. L'Éloge des tétons, ouvrage curieux, galant et badin, composé pour le divertissement des dames, avec plusieurs pièces amusantes, par *** M. D. M. *Cologne, à l'Enclume de vérité*, 1775, in-8, cart.

Beaucoup de feuillets de cet exemplaire ont été coupés : il a dû être passé au vinaigre.

240. Réflexions sur les grands hommes qui sont
morts en plaisantant. *Amsterdam, chez les frères
Westeing*, 1732, in-12, front. grav. v. gr. fil.

Cet ouvrage est attribué à Deslandes.

241. Erasmi Colloquia. *Amstel., ex off. Elzeviriana*,
1662, in-12, mar. r. fil. tr. dor. (*Anc. rel.*)

242. Capitoli di Pietro Aretino : Lod. Dolce, Franc.
Sansovino, sopra varie et diverse materie molto
dilettevole. *S. l.*, 1540, pet. in-8, mar. bl. dent.
tr. dor.

Rare. La marge supérieure un peu rognée.

243. Dialogo di Pietro Aretino nel quale si parla del
Gioco. *In Venegia*, 1545, pet. in-8, bas. r. tr.
dor.

244. ARETINO (Pietro). Capricciosi et piacevoli Ragio-
namenti. *Stampati in Cosmopoli (Holl., Elzevir)*,
1660. — La Puttana errante. *S. l. n. d.*, 2 part. en
1 vol. pet. in-8, mar. v. doublé de mar. r. fil. tr.
dor. (*Bauzonnet.*)

153 millim.

245. Opere scelte di Ferrante Pallavicino. *In Villa-
franca*, 1673, in-12, mar. r. fil. tr. dor. (*Purgold.*)

Édition elzevirienne, 133 mill.

246. Les Azolains de Mgr Bembo, de la nature d'a-
mour, traduictz d'italien en frãcoys par Iehan
Martin, secretaire de Mgr Reuerendissime cardinal
de Lenoncourt, par le commandement de Mgr le
dvc d'Orleans. *Paris, Michel de Vascosan et Gilles
Corrozet*, 1545, in-12, v. ant.

Quelques mouillures.

247. Plinii Secundi epistolarum libri. *Venetiis, in
ædibus Aldi*, 1508, pet. in-8, mar. r. fil. tr. dor.
doublé de moire. (*Bozérian.*)

Très-bel exemplaire, 164 mill.

248. PRINCIPUM et illustrium virorum Epistolæ. *Amsterodami, apud Lud. Elzevirium,* 1644, in-12, mar. r. (*Simier.*)

Exemplaire non rogné, 145 mill. de hauteur.

249. H. Grotii Epistolæ ad Gallos. *Lugd. Bat., ex off. Elzeviriorum,* 1650, in-12, v. f. fil. tr. dor.

250. Le Secretaire à la mode, par le sieur de la Serre, augmenté d'une instruction à escrire des lettres, plus d'un recueil de lettres morales des plus beaux esprits de ce temps. *Amsterdam, chez Louys Elzevier,* 1645, in-12, front. gr. maroq. bleu, fil. tr. dor. (*Purgold.*)

251. Le Secrétaire Turc, contenant l'art d'exprimer ses pensées sans se voir, sans se parler et sans s'écrire, avec les circonstances d'une aventure turque, et une relation très-curieuse de plusieurs particularitez du serrail qui n'avoient point encore esté sceuës, par M. du Vignan. *A Paris, chez Mich. Guéroult,* 1688, in-12, maroq. grenat, orn. à froid, fil. tr. dor.

252. Les Lettres de M. de Voiture. *A Nimwége, chez André Hogenhuyse,* 1660, in-12, front. gr. et portrait, maroq. grenat, tr. dor. (*Thouvenin jeune.*)

253. Lettres de Ninon de Lenclos au marquis de Sévigné, avec sa vie. *Paris, chez Blouet jeune, an VI,* 1798, 2 vol. pet. in-12, pap. vél. portrait, maroq. rouge, dent. à comp. dos orné, doublé de tabis bleu, fil. tr. dor.

8. POLYGRAPHES.

255. LES OEVVRES MORALES et meslées de Plutarque, translatées de grec en françois (par Amyot), reueuës et corrigées en ceste seconde édition en plusieurs passages par le translateur. *A Paris, par Vascosan, impr. du roy,* 1574. — LES VIES

DES HOMMES ILLVSTRES grecs et romains, comparées l'une auec l'autre, par Plutarque de Chæronee. *A Paris, par Vascosan, impr. du roy,* 1577. Ens. 14 vol. pet. in-8, maroq. rouge, dos orné à petits fers, fil. tr. dor. (*Anc. rel.*)

La reliure n'est pas uniforme.

256. OEuvres de Lucien, traduites du grec (par Belin de Ballu). *Paris, Bastien,* 1789, 5 vol. in-8, maroq. r. tr. dor.

Avec le carton du tome 3.

257. Nob. Virginis Annæ Mariæ à Schurman Opuscula hebrœa, græca, latina, gallica, prosaïca et metrica. *Lugd. Bat., ex off. Elzeviriorum,* 1648, pet. in-8, mar. r. fil. tr. dor.

Deux portraits. Exemplaire court de marges.

258. OEuvres diverses de Fontenelle, édition augmentée et enrichie de figures gravées par Bernart Picart le Romain. *A la Haye, chez Gosse et Neaulme,* 1728-29, 3 vol. in-fol. v. fauve fil. tr. dor. (*Rel. anc.*)

Bel exemplaire.

259. OEUVRES DE MONTESQUIEU, nouvelle édition. *A Paris, chez Jean-François Bastien,* 1788, 5 vol. in-8, front. maroq. rouge, fil. doublé de tabis tr. dor. (*Anc. rel.*)

260. OEuvres morales et galantes de Duclos, suivies de son Voyage en Italie. *A Paris, chez des Essarts, l'an V* (1797), 4 vol. in-8, maroq. rouge, tr. dor. (*Anc. rel.*)

261. OEuvres complettes de M. de Saint-Foix, historiographe des ordres du roi. *A Paris, chez la veuve Duchesne,* 1778, 6 vol. in-8, pap. de Hollande, portrait, demi-rel. maroq. rouge n. rog.

262. DIDEROT. OEuvres, publiées par Naigeon. *Paris,* 1798, 15 vol. in-8, pap. vél. portrait avant la lettre, maroq. vert, fil. tr. dor. (*Bradel.*)

Bel exemplaire.

HISTOIRE.

—

GÉOGRAPHIE, VOYAGES.

263. Compendium geographicum, opera et studio Golnitz. *Amstelodami, apud Lud. Elzevirium,* 1649, in-12, demi-rel.

264. Pomponius Mela, Julius Solinus, etc. *Venetiis, Aldus,* 1518, pet. in-8, v. f. fil. tr. dor.

265. Voyage de l'Inde à la Mekke par Abdoùl-Kerym, favori de Tahmâs-Qouly-Kan, extrait et traduit de la version anglaise de ses mémoires, avec des notes géographiques, littéraires, etc., par L. Langlès. *Paris, de l'impr. de Crapelet, an V et an XIII* (1797-1805), 5 vol. et atlas in-16, fig. gr. v. quadr. dent. à comp. dos orné. (*Simier.*)

266. Voyages de M. le marquis de Chastellux dans l'Amérique septentrionale, dans les années 1780, 81 et 82. *Paris, chez Prault, impr. du roy,* 1786, 2 vol. in-8, maroq. vert, mosaïque, fil. à comp. tr. dor. (*Anc. rel.*)

267. Chronicarum Liber (per Hartman Schedel). *Koberger Nurimbergæ impressit,* 1493, in-fol. gothique, grandes figures, demi-rel.

Le titre manque. Le dernier feuillet est remonté. Piqûres de vers.

268. Les Imposteurs insignes, ou Histoire de plusieurs hommes de néant de toutes nations qui ont usurpé la qualité d'empereur, de roi et de prince, par J.-Bapt. de Rocoles. *Bruxelles, chez Jean van Vlaenderen,* 1728, 2 vol. in-12, portraits et figures v. f. fil. tr. dor. (*Anc. rel.*)

269. Boccace. Des Dames de renom, nouvellement
traduit d'italien en langage françois. *A Lyon, chez
Guill. Rouille (à l'Escu de Venise)*, 1551, pet. in-8,
v. ant. (*Armoiries.*)

Exemplaire court de marges, quelques mouillures.

270. Josephi Prologus in libros Antiquitatum et de
Bello Judaïco. *Per Johannem Schüszler*, 1470,
2 t. en 1 vol. in-fol. (gothique), demi-rel.

Première édition de cette traduction latine. Le premier feuillet est orné
d'une majuscule en couleurs. Piqûres de vers. Exemplaire de Boutourlin.

271. Voyage du jeune Anacharsis en Grèce, par
J.-J. Barthélemy. *Paris, Didot, an VII*, 7 vol.
in-4 et atlas in-fol. mar. r. fil. tr. dor. (*Bozérian.*)

272. Quinti Curtii Historiarum libri. *Lugd. Bat., ex
off. Elzeviriana*, 1633, in-12, titre gravé, maroq.
bleu, fil. tr. dor. (*Thouvenin.*)

125 mill.

273. Valerius Maximus, dictorum et factorum me-
morabilium libri novem. *Venetiis, in ædibus Aldi*,
1502, pet. in-8, mar. bl. fil. tr. dor. (*Bauzonnet.*)

Exemplaire très-raccommodé au commencement et à la fin.

274. Cæsaris Opera. *Venetiis, in ædibus Aldi* (1513),
pet. in-8, mar. r. tr. ciselée.

Exemplaire bien conservé, 155 mill.

275. Sallustius, cum vet. historicorum fragmentis.
Lugd. Bat., ex off. Elzeviriana, 1634, in-12, mar.
v. fil. tr. dor.

Hauteur : 128 mill. Mouillures.

276. La Conjuracion de Catilina y la guerra de Ju-
gurta, por C. Salustio. *Madrid, Ibarra*, 1772,
in-fol., demi-rel. mar.

Le dernier feuillet a des raccommodages.

277. In hoc volumine hæc continentur : Suetonius, Aurelius Victor, Eutropius, etc. *Venetiis, in ædibus Aldi,* MDXXI, in-8, mar. r. fil. tr. dor.

Piqûre de ver raccommodée. En effaçant un X de la date on a fait une édition de 1511, qui en réalité n'existe pas.

278. C. Tacitus. *Venetiis, Aldus,* 1534, in-8, mar. v. tr. dor. (*Anc. rel.*)

279. Les Césars de l'empereur Julien, traduits du grec par feu le baron de Spanheim, enrichis de médailles et autres anciens monuments gravés par Bernard Picart. *Amsterdam, chez François l'Honoré,* 1728, in-4, bas. fil. (*Armoiries.*)

280. Monuments de la vie privée des XII Césars et monuments du culte secret des dames romaines, par d'Ancarville. *Caprée,* 1780, 2 vol. in-4, v. ant. fil. tr. dor.

281. Histoire de Polybe, traduite du grec par dom Vincent Thuillier, bénédictin de la congrégation de Saint-Maur, avec un commentaire ou un corps de science militaire, enrichi de notes critiques et historiques par M. de Folard, mestre-de-camp d'infanterie. *Amsterdam, chez Zacharie Châtelain et fils,* 1759, 7 vol. in-4, demi-rel. maroq. rouge. (*Anc. rel.*)

282. Sulpitii Severi Opera omnia. *Amstelodami, ex officina Elzeviriana,* 1656, pet. in-16, front. gr. v. f. (*Anc. rel.*)

283. Osservazioni di Ennio Quirino Visconti su due Musaici antichi istoriati. *In Parma, dalla Reale Tipografia,* 1788, in-8, fig. v. gr. plats dent. tr. dorée.

HISTOIRE DE FRANCE.

284. Compendium Roberti Gaguini super Francorum gestis. *Impressit Ant. Bonnemère, Parisiis,* 1514, in-8, car. r. demi-rel.

Exemplaire grand de marges, avec témoins.

285. S'ensuyuent les faitz de maistre Alain Chartier, contenant en soy douze liures dont les nõs sont en la table ci aspres. Qui traictent de plusieurs choses touchant les guerres faictes par les Angloys. (*A la fin :*) Ci finissent les faitz, ditz et baliades de maistre Alain Chartier. *Imprimez à Paris, par Michel le Noir, libraire iuré de l'Vniuersité de Paris, demourant en la grant rue Sainct-Iacques à l'enseigne de la Rose blanche couronnée, et fut acheué là mil cinq cens et* XIIII *le* XVe *iour de mars*, pet. in-4, goth. fig. sur bois, texte à 2 col. demi-rel. chagr. vert.

Exemplaire court de marges. Le dernier feuillet a été remonté dans le bas et quelques lettres ont été refaites à la plume.

286. LES MÉMOIRES de messire Philippe de Commines, sieur d'Argenton, dernière édition. *A Leide, chez les Elzeviers*, 1648, in-12, front. gr. maroq. rouge, fil. tr. dor. (*Bauzonnet.*)

125 mill.

287. LES ARMES des chevaliers de l'Ordre Saint-Michel que le roy Françoys Ier fit à Citteaux de sa main royalle (*sic*), pet. in-4 obl. v. f.

Recueil de 16 armoiries peintes sur papier; sur le premier feuillet ces mots sont ajoutés : Cecy m'a esté donné par M. Labbé de Citeaux, en 1618. La reliure porte les armes de *Hector Le Breton, sieur de la Doineterie.*

288. LE MARTYRE des deux frères, contenant av vray tovtes les particvlaritez plus notables des massacres et assassinats commis ès personnes de très-hauts, très-puissants et très-chrétiens princes, messeigneurs le révérendissime cardinal de Guyse archeuesque de Reins, et de monseigneur le duc de Guyse, pair de France, par Henry de Valois, à la face des Estats dernièrement assemblez à Bloys. *S. l.*, 1589, in-8, v. f. fil. tr. dor. (*Anc. rel.*)

Pièce rare. L'exemplaire est assez grand de marges avec des soulignures à l'encre.

289. Mémoires de la Reyne Marguerite, dernière édition plus correcte. *A Govde, imprimez chez*

Guilliaume de Hoeve, 1649, in-16, maroq. bleu foncé, dent. et fil. à comp. dos orné, tr. dor. (*Thouvenin.*)

290. Satyre Menippée de la vertu du catholicon d'Espagne et de la tenue des estats de Paris. *A Ratisbonne, chez Mathias Kerner*, 1664, in-12, maroq. bleu dent. à comp. doublé de tabis rose avec dent. tr. dor.

128 mill. Cet exemplaire ne contient que la grande planche de la procession de la Ligue.

291. Histoire du roi Henri le Grand, par Hardouin de Péréfixe, nouvelle édition enrichie d'une notice sur Henri IV, par M. Andrieux. *Paris, Et. Ledoux*, 1822, gr. in-8, v. dent. et filets orn. à froid, tr. dor. (*Thouvenin.*)

Exemplaire en grand papier vélin.

292. Sermons de la simvlée conversion et nvllité de la prétendve absolvtion de Henry de Bourbon, prince de Béarn, à S. Denys en France, le dimanche 25 juillet 1593, prononcez en l'église Saint-Merry à Paris, par M. Iean Bovcher, docteur en théologie. *Imprimés à Paris, chez G. Chaudière*, 1594, pet. in-8, v. ant.

293. Mémoires de M. D. L. R. (de la Rochefoucauld), sur les brigues à la mort de Louis XIII. Les Guerres de Paris et de Guyenne et la prison des princes. *Cologne, chez Pierre van Dyck*, 1664, in-12, maroq. rouge, fil. dent. à comp. tr. dor. (*Bozérian.*)

294. Mémoires de monsieur de Montrésor, diverses pièces durant le ministère du cardinal de Richelieu, relation de monsieur de Fontrailles. *A Leyde, chez Jean Sambix le jeune (à la Sphère)*, 1667, 2 vol. in-12, maroq. rouge, fil. tr. dor. (*Anc. rel.*)

Signature de *Seignelai*, 1692, sur les titres.

295. Renversement de la morale chrétienne par les désordres du monachisme, en hollandais et en

français (Hollande, vers la fin du xviie siècle), in-4, maroq. rouge, fil. tr. dor. (*Anc. rel.*)

Ce volume, peu commun, est divisé en deux parties, contenant ensemble 51 planches. Ce sont des figures grotesques grav. en manière noire.

296. Constitution de la République française. *Paris, impr. de P. Didot l'aîné, an VIII*, in-fol. cart. pap. vél.

Mouillures.

297. Rapport fait au nom des comités de salut public et de sûreté générale, sur les événemens du 9 thermidor an II, précédé d'une préface en réponse aux détracteurs de cette mémorable journée, prononcé le 8 thermidor an III, la veille de l'anniversaire de la chute du tyran, par E.-B. Courtois, député de l'Aube. *A Paris, de l'Imprimerie nationale, an IV*, in-8, bas.

298. Rapport au nom de la commission des vingt-un créée par décret du 7 nivôse an III pour l'examen de la conduite des représentans du peuple Billaud-Varennes, Collot d'Herbois et Barrère, membres de l'ancien comité de salut public, et Vadier, membre de l'ancien comité de sûreté générale, par le représentant du peuple Saladin, député par le département de la Somme. *Paris, an III*, in-8, v. rac.

299. Les Secrets de Joseph Lebon et de ses complices, deuxième censure républicaine, ou lettre d'A.-B.-J. Guffroy, représentant du peuple, député à la Convention par le département du Pas-de-Calais, à la Convention nationale et l'opinion publique, pièces justificatives. *Paris, chez le citoyen Guffroy, l'an troisième de la République française*, in-8, v. rac.

300. L'Accusateur public, par le citoyen Richer-Sérisy. (*Paris, an III*), 2 vol. in-8, demi-rel. bas.

Collection de 34 numéros de ce journal, le 35e numéro manque. Dans cet exemplaire, se trouve une quittance d'abonnement signée Richer-Sérisy. Exemplaire en bon état.

301. La Trompette du père Duchêne, pour servir
de suite aux quatre cents lettres bougr..... pa-
triotiques (par Lemaire). *A Paris, de l'impr. de
Caillot et Courcier,* 1792, 100 numéros en 2 vol.
in-8, bas.

Ce journal se compose de 147 numéros.

302. Le Moniteur secret, ou Tableau de la cour de
Napoléon, de son caractère et de celui de ses
agents (par J.-B. Couchery). *Londres et Paris,*
1814, 2 tom. en 1 vol. in-8, demi-rel. veau viol.
tr. marbr.

303. Histoire des sociétés secrètes de l'armée et des
conspirations militaires qui ont eu pour objet la
destruction du gouvernement de Bonaparte. *Paris,*
1815, in-8, d.-rel. v. tr. marbr.

304. Relation des fêtes données par la ville de Paris
et de toutes les autres cérémonies qui ont eu lieu
dans la capitale a l'occasion de la naissance et du
baptême du duc de Bordeaux. *Paris, Petit,* 1822,
in-12, bas. r. (*Aux armes de la ville de Paris.*)

HISTOIRE ÉTRANGÈRE.

305. Hispania, sive de regis Hispaniæ regnis et
opibus commentarius. *Lugd. Bat., ex off. Elz.,*
1624, in-16, vél.

306. Histoire de donna Olimpia Maldachini, traduite de l'italien de l'abbé Gvaldi. *A Leyde, chez
Jean Duval (à la Sphère),* 1666, in-12, mar. r.
fil. tr. dor.

307. La Vie de Galéas Caraciol, marquis de Vico,
et l'histoire de la fin tragique de François Spière,
mises en françois par le sieur de Lestan. *Amsterdam, chez Daniel du Fresne,* 1682, pet. in-12, v.
f. ant. (*Thouvenin.*)

308. Histoire entière et véritable dv procez de
Charles Stvart, roy d'Angleterre, contenant en
forme de journal tout ce qui s'est passé sur ce
sujet dans le parlement et en la haute cour de
justice, et la façon en laquelle il a esté mis à mort.
Sur l'imprimé à Londres, 1650, in-12, demi-rel.
basane.

Mouillé et piqué.

309. Picturesque antiquities of Scotland, etched by
Adam de Cardonnel. *London*, 1788, gr. in-8,
pap. vél. mar. r. fil. tr. dor.

310. Histoire de l'anarchie de Pologne et du dé-
membrement de cette république, par Cl. Rulhière, suivie des anecdotes sur la révolution de
Russie en 1762, par le même auteur (le tout précédé d'une notice sur Rulhière et d'un avis des
éditeurs de son histoire, par M. Daunou). *Paris*,
Desenne, 1807, 4 vol. in-8, pap. vélin, v. f. fil.
tr. dor.

311. Historia Africana della divisione dell' imperio
degli Arabi, della monarchia de' Mahometani dis-
tesa per l'Africa e per le Spagne, scritta dal dot-
tor Geo. Battista Birago Avogadro. *In Venetia*,
s. d., pet. in-4, v. marbr. fil. (*Armoiries*.)

Exemplaire mouillé.

312. Histoire des Yncas, rois du Pérou, traduite
de l'espagnol de l'Ynca Garcillasso de la Vega. On
a joint à cette édition l'histoire de la conquête de
la Floride, par le même auteur, avec des figures
dessinées par B. Picart. *A Amsterdam, chez J.-*
Fréd. Bernard, 1737, 2 vol. in-4, v. f. fil. (*Rel.*
anc.)

Exemplaire en grand papier.

FIN.

ORDRE DES VACATIONS.

PREMIÈRE VACATION. — *Mardi 8 décembre* 1874.

163 à 312

DEUXIÈME VACATION. — *Mercredi 9 décembre.*

1 à 162

EXPOSITION publique chaque jour de vente de 1 à 2 heures.

CONDITIONS DE LA VENTE.

La vente est faite au comptant.

Les livres vendus devront être collationnés dans les vingt-quatre heures de l'adjudication. Passé ce delai, ou une fois sortis de la salle de vente, ils ne seront repris pour aucune cause.

Les acquéreurs payeront, en sus du prix d'adjudication, cinq centimes par franc, applicables aux frais.

M. Adolphe LABITTE se chargera de remplir les commissions des personnes qui ne pourraient assister à la vente.

Paris. — Typographie de Georges Chamerot, rue des Saints-Pères, 19.

RED. :

21

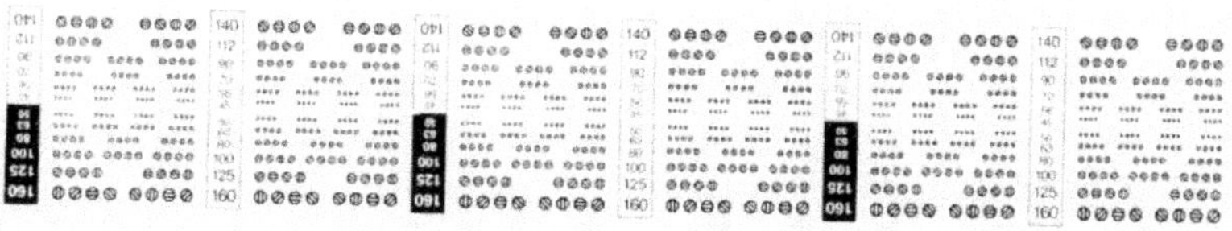

MIRE ISO N° 1
NF Z 43-007
AFNOR
Cedex 7 - 92080 PARIS-LA-DÉFENSE

graphicom